精装彩绘本

画给孩子的丝绸之路

桑亚春 著　　毛延霞 绘

台海出版社

图书在版编目（CIP）数据

画给孩子的丝绸之路：精装彩绘本 / 桑亚春著；
毛延霞绘. –– 北京：台海出版社，2020.12
　　ISBN 978-7-5168-2821-2

　　Ⅰ.①画… Ⅱ.①桑… ②毛… Ⅲ.①儿童故事—图
画故事—中国—当代 Ⅳ.① I287.8

中国版本图书馆CIP数据核字(2020)第236823号

画给孩子的丝绸之路：精装彩绘本

著　　者：桑亚春　　　　　　绘　　者：毛延霞

出版人：蔡　旭　　　　　　　封面设计：姜丽莎
责任编辑：戴　晨

出版发行：台海出版社
地　　址：北京市东城区景山东街 20 号　邮政编码：100009
电　　话：010-64041652（发行，邮购）
传　　真：010-84045799（总编室）
网　　址：www.taimeng.org.cn/thcbs/default.htm
E – mail：thcbs@126.com

经　　销：全国各地新华书店
印　　刷：天津兴湘印务有限公司
本书如有破损、缺页、装订错误，请与本社联系调换

开　　本：710 毫米 × 1000 毫米　　1/16
字　　数：75 千字　　　　　　　印　　张：3.75
版　　次：2020 年 12 月第 1 版　　印　　次：2021 年 1 月第 1 次印刷
书　　号：ISBN 978-7-5168-2821-2

定　　价：58.00 元

序

什么是丝绸之路呢？

丝绸之路就是自古以来联系亚洲与欧洲的东西方交通道路。

这是一条很长很长的路，从亚洲经过西域、贯穿亚、欧、非三大陆。

这是一条有历史底蕴的路，发生了很多事件，涉及很多民族和国家。

这是一条经济文化之路，中国人、印度人、希腊人、罗马人、波斯人、阿拉伯人……都曾在这条路上进行交流。

这也是一条古老的路，至今两千年左右，却依然年轻，生机勃勃……

丝绸之路虽然在汉朝已经正式开通，但"丝绸之路"这个名称却是19世纪（大约清朝时期）德国科学家李希霍芬提出来的。

目录

陆上丝绸之路

西汉

东汉

隋唐

海上丝绸之路

汉朝

魏晋

宋元明清

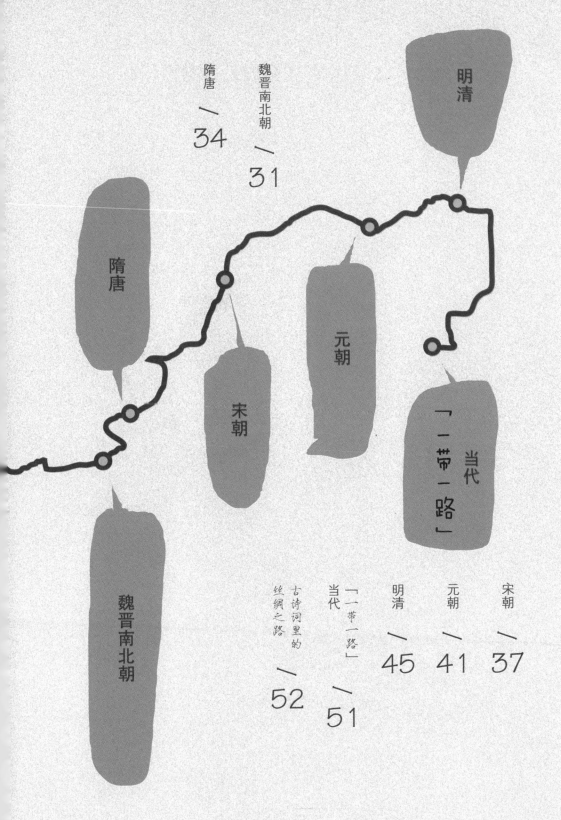

一条两千多岁「高龄」的古道上，

行进着游牧民族、商队、教徒、外交家、科学家……

你来我往中，留下来的，

是文化交融，是彼此的认知和尊重，是共同的成长……

陆上丝绸之路

▶西汉

　　早在汉朝时，也就是两千多年前，陆上丝绸之路就正式开通了。不过，如果小朋友想深入地了解一下它的前生今世，还需要了解一下当时的背景。

　　秦朝末年，民不聊生，起义四起，国家满目疮痍。等到汉朝建立时，已是一个非常贫困的局面，几乎各地都物价飞涨、闹粮荒，有些地方的粮食价格甚至比秦朝时高3倍还多。

　　为了发展经济，振奋局面，皇帝们鼓励生产，减免税收、劳役，让百姓休养生息，还大力鼓励生育，以增加人口。

　　这样一来，农业有了起色，一切都向好的方面发展了。

到了汉文帝、汉景帝的时候，依旧推行轻税、劝农的政策，还照顾鳏寡孤独，关怀老人，时不时发放赈贷，以及布帛酒肉等物。

对于努力耕作的百姓，两位皇帝都给予奖励，还劝百官关心农桑之事。每年春天，春耕一开始，他们就会亲自下地劳动，给百官和百姓树立榜样。

他们尽量维持与周边敌对国家的和平，不轻易出兵，以免耗损国力。汉文帝自己还格外勤俭节约，也不许妃子们奢靡、浪费，千方百计想减轻百姓的负担。

这种"以德化民"的方略起到了作用，国家渐渐安定，百姓渐渐富裕。汉景帝后期，国家的粮仓装得满满登登，府库里的铜钱多年不用，穿钱的绳子都烂了。

"文景之治"使手工业、商业也得到发展，纺织蚕桑业非常发达。还出现了彩锦———一种彩色提花织物；还出现了起毛锦———一种起绒织物；至于丝织品，更加华美，丝缕均匀，丝面光滑，与现代的家蚕丝非常相近。

丝织品的染色工艺也很发达，有几十种色彩，有的使用植物性染料，有的使用动物性染料，有的使用矿物性染料，都光彩绚丽。

到了汉武帝时，汉朝已经十分强盛。由于国内市场有限，开拓国外市场已成必然趋势。于是，汉武帝把目光投向了西域。

当时，有许多来自东西方各民族的商队，都去中亚进行交换。当时世界的交通网，以中亚地区为中心。

之前，在西方，希腊人无法直接去中亚做生意，因为波斯帝国挡在中间，希腊人只好从波斯人那里买中国的丝绸，希腊人压根儿不知道丝绸产自中国，中国人也不知道希腊人喜欢自己的丝绸，两边都蒙在鼓里。波斯被亚历山大大帝打败后，希腊人终于能去中亚贸易地直接购买丝绸了。

然而，汉武帝却无法扩展国际贸易，因为匈奴占据着西域的贸易要道。

中亚是亚欧大陆的交通枢纽，丝绸之路途经此地。

匈奴是强悍的游牧民族，总是向西域诸国征收重税，还在贸易要道搜刮钱财、牲畜，使商人压力很大，大多裹足不前。汉武帝之前，汉朝对匈奴采取和亲政策，汉武帝早就不满，现在赶上经济也要扩张，就决定攻打匈奴。

西域是指哪里呢?

广义的西域是:今天的玉门关、阳关以西,经过新疆天山南北,翻过葱岭,直到中亚、南亚、西亚、欧洲、非洲。

狭义的西域是:玉门关、阳关以西,新疆的天山南北,葱岭以东。

这是汉朝时的西域,以后的朝代又各有变化。

在狭义的西域内,有很多小国家,号称"三十六国"(后来又分裂为50多个国家),这些国家都被匈奴控制着。

西域三十六国中,有一个国家叫大月氏,大月氏王被匈奴杀死后,头骨还被当成酒杯,大月氏对匈奴恨之入骨,但匈奴凶悍,大月氏无人帮助,毫无办法。

汉武帝身居深宫,但情报很畅通,对匈奴了解很多。他想,何不利用大月氏与匈奴之间的矛盾,联合大月氏,夹攻匈奴呢?由于其他国家也不满匈奴征收重税,想必也会站在汉朝和大月氏这一边。

现在,大月氏为躲避匈奴,已经被迫迁徙到伊犁河流域,那么,派谁出使西域,去寻找、联系大月氏呢?

一条两千多岁「高龄」的古道上，

行进着游牧民族、商队、教徒、外交家、科学家……

你来我往中，留下来的，

是文化交融，是彼此的认知和尊重，是共同的成长……

汉武帝开始招募官员，这时，一个担任郎官的年轻人推荐了自己。这个人性情坚韧，心胸豁达，很讲信义。汉武帝很满意，"面试"成功后，就让他带队出使西域了。

这个人就是张骞。

张骞带着100多人，离开长安，向西域进发了。他一路西行，取道陇西郡，进入河西走廊，来到了匈奴境内。

> 长安：汉朝都城，今天的西安。

没走多远，张骞就被巡逻的匈奴骑兵抓住了。匈奴单于觉得张骞是个难得的人才，想让他归附匈奴，但无论怎么拉拢、威逼，张骞都手持汉节，毫不动摇。于是，张骞被软禁了十年。

> 单于：匈奴部落联盟的首领。

最终，张骞在一个黑夜逃了出来。虽然时过境迁，但张骞仍不忘使命，继续向西行进，寻找大月氏。

此时的大月氏，迫于匈奴的欺凌，已经迁到了阿姆河一带。张骞于是改变了路线，沿着塔里木河，翻越葱岭，继续跋涉。

> 妫水：今天的中亚阿姆河流域。
>
> 大宛：乌兹别克斯坦境内。

这是一次生死之行，戈壁大漠，飞沙走石，热浪滚滚；葱岭陡峭，冰雪皑皑，寒凉刺骨。没有水源、食物，只靠射杀野兽充饥。很多人倒了下去，再也没有起来。

九死一生抵达大宛（yuān），大宛王早就听说汉朝富饶，一直想要结交，苦于没有机会，现在，一看到张骞等人，十分厚待。

在大宛，张骞他们第一次看到了汗血宝马，留下了难忘的印象。

张骞请求大宛王把他们送到大月氏，大宛王答应了，派向导和翻译将他们送到康居国，再由康居人把他们转送到大月氏。

终于来到了大月氏。然而，大月氏因为远离了匈奴，日子过得很舒适，已经不想复仇了。

张骞在归汉之前，去了一次大夏。在大夏，张骞无意中看到，商人竟然在卖蜀锦、邛（qióng）竹杖，这可是中国四川特有的产物啊。张骞大吃一惊，连忙问来自何处，商人说是从几千里外的身毒买来的。

大夏：在今天阿富汗境内。

身（yuān）毒：位于印度河流域，今天的印度西北部。

一条两千多岁『高龄』的古道上，

行进着游牧民族、商队、教徒、外交家、科学家……

你来我往中，留下来的，

是文化交融，是彼此的认知和尊重，是共同的成长……

张骞动身回长安，为了避开匈奴，他沿着塔里木盆地、昆仑山，从青海羌人聚居地走。谁知，还是被匈奴骑兵发现了，张骞等人又被扣押了，直到一年后，单于病死，匈奴内乱，才逃回长安。

此时，十三年过去了，出发时有100多人，回来时只剩下张骞和另外一人。朝野一片震惊、激动，人们都以为他早就死了。

张骞出使西域，没有完成联络大月氏夹攻匈奴的任务，但是，却与西域诸国建立了联系，对后世影响深远。司马迁赞他"凿空"，意思是前无古人。

张骞向汉武帝汇报工作，提到了那次大夏之行。他想，既然大夏是从身毒买的蜀锦，身毒又是从汉朝的蜀郡买的蜀锦，那么，三者之间一定有一条通道；现在从汉朝到西域，要经过匈奴，不仅路途遥远，还充满危险，如果能找到那条通道，就可以取道四川蜀地，经过身毒，再去西域，又近，又没危险，不用受制于匈奴。

有这样一条路？汉武帝很重视，很快派人去寻找这条路了。

汉武帝派出四路人马，去寻找"隐藏"在西南的那条路，可是，四路人马各自行进了一二千里，都没有找到通向身毒的路。

由于费用很高，汉武帝暂时停止了寻找。但不久后，他又命人再次寻找，仍旧一无所获。

汉武帝决定拓宽西南的两条道路。

一条是五尺道：从四川成都开始，经过宜宾，到达昆明，再到大理。

一条是灵关道：从四川成都开始，经过西昌，到达云南，再到大理。

在大理，二路合一，经过保山，进入缅甸，入安达曼海，经过孟加拉湾，到达印度。

这就是南方陆上丝绸之路的大致路线。

在西南，有两条发源于青藏高原的大江河，一条是澜沧江，流出中国后，还流经多个国家，在越南入海；一条是怒江，进入缅甸后，流入安达曼海。海路与陆路是相连的，这两条大江河在中国境内也是南方丝路的一部分。

在中国东南至西南的大片区域内，有一个庞大的水陆交通网，与中原、西域辗转相通，南下可入北部湾、暹罗湾、安达曼海、孟加拉湾，与海上丝路交会。

为了解除匈奴对汉的威胁，汉武帝派大将军卫青出征匈奴。由于张骞熟悉西域情况，也随军出征，当大军凯旋后，张骞被封为博望侯。

之后，汉武帝又派骠骑将军霍去病出征匈奴，张骞依旧随军。霍去病大破匈奴，汉军占据河西地区，通往西域的道路大致畅通了。

有了河西走廊，汉武帝立刻设立了张掖郡。之后，他又命张骞再次出使西域，联合乌孙，夹攻退到漠北的匈奴，并宣扬国威。

乌孙原本依附于匈奴，但不满匈奴的压迫，加上自身也已强大，很想脱离匈奴。可是，匈奴虽然被汉朝赶到了漠北，仍旧强悍，而且，离自己很近，而自己离汉朝很远，又不了解汉朝到底怎么样，因此，拒绝了张骞夹攻匈奴的建议。

张骞无法说服乌孙，只得返回长安。他这次出使西域，共六年时间，仍未完成任务，但却加强了汉朝与西域诸国的联系。

乌孙使者还跟随张骞来到汉朝，亲眼看见了大汉的地广人多，国富民强，回去后马上报告给了乌孙王。乌孙王很快表示友好，还要求娶汉朝公主为妻。

汉武帝命细君公主出塞，嫁给乌孙王，细君公主死后，解忧公主又出塞。乌孙臣服汉朝，多少牵制了匈奴，使丝绸之路更加畅通。

张骞病死后一年多，西域诸国纷纷与汉朝建立联系。北方陆上丝绸之路全线开通，丝路上的使臣络绎不绝。

大宛的汗血宝马，一直让汉武帝念念不忘。他觉得，汉朝之所以受匈奴威胁，与没有好战马有一定关系。但是，怎么才能得到宝马呢？

西域形势瞬息巨变，当大宛又被匈奴控制时，汉武帝当机立断，派出远征军，直攻大宛。大宛很快被攻占，汉武帝梦寐以求的汗血宝马，通过丝绸之路来到长安。

大宛被攻破，让西域诸国震动，纷纷到中原敬献礼物。汉朝也派出使臣，访问西域一些国家。

西域和外国的葡萄、苜蓿、核桃、石榴、胡萝卜、地毯等，传入了中原。中国的丝织品、茶叶、瓷器、冶炼技术、水利技术等，传到了西域和国外。

这种大交流，让彼此都得到了发展。

一条两千多岁「高龄」的古道上，

行进着游牧民族、商队、教徒、外交家、科学家……

你来我往中，留下来的，

是文化交融，是彼此的认知和尊重，是共同的成长……

北方陆上丝绸之路繁盛起来了，但匈奴势力仍在，时不时侵扰掠夺。汉宣帝时期，为了保护东西贸易商路的安全，皇帝决定派侍郎郑吉前往西域。

郑吉当过士兵，此前曾多次前往西域，对当地情况也很了解，为人刚毅坚韧。郑吉到了西域后，开始储备粮食，等到秋收后，立刻去攻打车师。车师王逃跑，郑吉命汉军保护车师人的生活，赢得了车师人的拥护。

当匈奴内战时，郑吉发动整整5万人迎接一位投降的匈奴首领，使其归附汉朝。

一时，郑吉威震西域，朝廷命他保护西域"北道诸国"的安全，号称"都护"。这是汉朝在西域设置都护府的开始，"都护"这个官职也是从郑吉开始的。

郑吉被封为安远侯，一面严防匈奴入侵，一面鼓励各族贸易，不抽取重税，这让诸国很满意，都希望归属汉朝。所以，史书才说汉朝号令西域"始自张骞，成于郑吉"。

然而，西汉末年，一场意外却使丝绸之路中断了。

▌东汉

这场意外就是：王莽篡位。

外戚王莽夺走了皇位。他鄙视匈奴，觉得匈奴野蛮，拒绝与匈奴往来，导致匈奴又开始入侵，中原与西域的关系中断，丝绸之路也断绝了。西域分裂成50多个小国，陷入了混乱。

外戚：皇帝的母亲和妻子一方的亲戚。

王莽只当了十五年的皇帝就被绿林军杀了，但他造成的恶果却没有消失。小朋友可能会很好奇，是什么恶果呢？请继续往下看吧。

王莽虽然死了，东汉也建立了，但匈奴的入侵并未停止，边境一片乌烟瘴气，百姓苦不堪言。丝绸之路也被阻断了，淹没在荒草沙石中。

起初，朝廷忙着安定社会秩序，无力经营西域。到了汉明帝的时候，国力增强，朝廷开始积极经营西域。

此时的匈奴已经一分为二，为南匈奴和北匈奴，南匈奴和东汉比较友好，北匈奴却时常入侵。于是，汉明帝命窦固等人去攻打北匈奴。

北匈奴被攻破，汉军取得了胜利，占领了伊吾。伊吾是西域的门户，也是粮食补给站，战略位置很重要。汉军继续进攻，一直打到北匈奴彻底退出了天山东麓。

伊吾：位于新疆哈密西。

一条两千多岁「高龄」的古道上，

行进着游牧民族、商队、教徒、外交家、科学家……

你来我往中，留下来的，

是文化交融，是彼此的认知和尊重，是共同的成长……

打跑北匈奴后，窦固派班超出使西域。

班超是一个很有才华的人，他的父亲班彪、哥哥班固、妹妹班昭都是著名史学家。班超自己也博览群书，但一直没有机会出人头地，41岁还在为官府抄写文书，勉强度日。班超不甘心这样度过一生，当朝廷发兵西域时，他弃笔从戎，想在西域干一番事业。

班超多次跟随窦固出战，颇受窦固赏识，现在被窦固派去出使西域，信心十足。

班超带着36个人，去了鄯（shàn）善国。奇怪的是，鄯善国王刚开始还很热情，突然间又冷淡了。班超分析，一定是匈奴使者也到了这里。经过调查，果然如此。班超便趁着黑夜，顺风纵火，发起奇袭，杀掉了匈奴人。鄯善国为之震服，归附了汉朝。

鄯善国：位于今天新疆罗布泊一带。

班超又赶去于阗（tián）、疏勒，凭借一身智勇，使这两个国家也臣服了汉朝。

汉章帝即位后，觉得经营西域浪费人力、钱物，刚好又赶上西域发生内乱，便召班超回朝。

西域的汉军开始返回中原，班超从疏勒返回，在于阗却被苦苦挽留，一位大将甚至自杀而死。于阗人放声大哭，抱住班超的马腿，不让他离开。班超感慨万端，决定留下。他上书给皇帝，说自己本来是一个平凡的小人物，没想到能有幸报效国家，愿像张骞那样，愿在旷野里捐躯，绝不后悔。

这时，发生了一个意外。强大起来的大月氏派人来见班超，说要娶汉朝公主。班超拒绝了。大月氏含恨在心，挥军攻打班超驻地。班超坚守不出，又埋下伏兵，最终使大月氏臣服。

从出使西域开始，班超辛苦经营西域三十年左右，终于使50多个西域国家全部归汉，被封为定远侯。

班超平定了狭义的西域后，汉朝的势力又向西扩展，到达了帕米尔高原以西的中亚，也就是广义的西域。

大秦：罗马帝国。
安息：古波斯帝国的一部分，在今伊朗高原东北。

班超通过大月氏和安息了解到，大秦很喜欢中国的丝绸，他想让人去实地了解一下，以便加强两国关系。于是，班超派副使甘英出使大秦。

一条两千多岁「高龄」的古道上，

行进着游牧民族、商队、教徒、外交家、科学家……

你来我往中，留下来的，

是文化交融，是彼此的认知和尊重，是共同的成长……

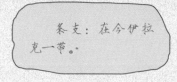

甘英踏上了旅途，访问了安息国，到了波斯湾。在条支海岸，当他想要渡海直达大秦时，安息人再三劝他，海路凶险，不可贸然前往。甘英对海洋不了解，便停住了脚步。

条支：在今伊拉克一带。

甘英是第一个到达波斯湾的中国人，将丝绸之路延伸到了欧洲。

班超年近古稀时，请求回到中原，不久后便病逝了。班超的继任者由于处理西域事务不当，导致西域诸国反叛，西域再度被匈奴控制，丝路再次断绝。

班超的儿子班勇从小生活在西域，对西域很了解，丝路断绝十多年后，汉安帝任班勇为西域长史，出使西域。班勇恩威并施，打败匈奴，重新打通了丝绸之路

至此，北方陆上丝绸之路的路线也很成熟了。

穿过河西走廊，出玉门关或阳关，过白龙堆，到楼兰（鄯善），自此分南道、北道。

北道可到轮台、龟兹、疏勒等国。

南道可到于阗、莎车、疏勒等国。

从疏勒出发，越过葱岭，可到大月氏、安息、条支、大秦。

从葱岭往北，可到大宛、康居。

班超、班勇父子通西域，意义不亚于张骞通西域。此后，西域各国纷纷派使臣去长安。

中亚地区的商人趁机加入使团队伍，跟着来到汉朝都城，获得各种奢侈品。汉朝向西域派出的使团也不都是纯粹的使臣，还有一路上加进来的小吏、士兵、百姓、小商贩等。

大团几百人，小团也一百来人，都带着很多东西，就像一个个商队，相望于道。

从中原出去的人，出行时间远的要几年，甚至近十年，才能返回汉朝。一些主要人物为了提高声誉，都自称博望侯。

从国外来的人，无论走哪条路，最终都交汇于楼兰，然后进入河西地区，在那里进行贸易活动。安息的使者还到了洛阳，送给皇帝一只狮子。这是中国人第一次见到猛兽，惊讶不已，视它为一大奇兽。

沙洲就是敦煌，西域的门户，十分繁荣。

肃州、甘州是河西地区的中心，重要的市场。

凉州、塔里木盆地也是一个大市场。

还有一支大秦商队，从地中海出发，沿着丝绸之路，经过安息国、大月氏、大夏、楼兰、敦煌，进入洛阳，成为当时的一件盛事。

▶ 魏 晋

曹丕是曹操的儿子，建立魏国之后，开始关注河西地区，并在甘肃设立了凉州刺史，专门负责西域的事务。

然而，河西地区盘踞着很多豪强大族，经常掠夺商人，或强迫商人低价卖给他们东西。商人每日躲躲藏藏，很难顺利做生意。

为了保护商人，敦煌郡的太守仓慈发明了"过所"。这是一种通行证，上面标注商人的姓名、年龄、长相特征、服饰、所带商品、族别、国别等。凡是有这个"护照"的人，一路上都会得到保护。

仓慈还告知商人，可以自由买卖东西，也可以平价卖给敦煌郡。商人听了，非常感动。当仓慈去世后，消息传到西域，商人都很哀痛。

时光如流，几十年后，西晋灭魏，世事又发生了变迁。不过，陆上丝绸之路仍受重视，有的商人甚至一次就买4300多匹丝绸，生意规模十分庞大。

西晋末年，皇室发生纷争，北方游牧民族趁机闯入中原，灭掉了西晋。匈奴人、鲜卑人、氐族人、党项人等各自建立国家，共16个。天下如此混乱，西域没有统一管理，丝路饱受其害。

西域大国总是攻打小国，车师、鄯善对此不满，两国国王偷偷去了长安，请前秦帮忙。前秦皇帝于是派大将吕光前往西域。

吕光的7万大军涌进了大漠，很快降服了一些西域大国。在吕光的保护下，西域商人蜂拥东来。他们赶着几万头骆驼，几千只珍禽异兽，几万匹宝马，数不清的外国珍宝、奇技异戏，浩浩荡荡，开始了新的篇章。

高昌：位于今天的新疆吐鲁番市。

楼兰：新疆塔克拉玛干沙漠东希的绿洲国家。从中原长安出发，到敦煌，出玉门关或阳关，再经过半个月左右即到楼兰。

云冈石窟：位于山西大同西，北魏时开凿，多雄浑大佛，风格中添加了西方犍陀罗传来的影响。

好景不长，不久，前秦灭亡。吕光退回河西地区，建立了后凉国，自立为王。他让儿子驻守高昌，负责维护丝路交通，但陆上丝绸之路还是渐渐走向了没落。

一条两千多岁『高龄』的古道上，

行进着游牧民族、商队、教徒、外交家、科学家……

你来我往中，留下来的，

是文化交融，是彼此的认知和尊重，是共同的成长……

早在汉明帝时，中国就有了第一部编译的佛教经典，一共42章，被称为《四十二章经》。东汉末年，丝绸之路上出现了更多外国僧人的身影。他们来到中国，带来很多佛教经典，洛阳还建立了白马寺。

不过，关于戒律的经典还是很稀缺，于是，东晋僧人法显想去印度求法。之前也有人西去求法，但只到了西域，并没有真正到达印度。

此时的法显已经65岁，还是义无反顾地出发了。他走的是陆上丝绸之路，先穿越敦煌，到了楼兰，进入大沙漠。抬眼望去，上无飞鸟，下无走兽，沙砾如雨，四顾茫茫。他们以人骨为路标，好不容易抵达葱岭，又面临积雪覆盖、壁立千仞的困境。

就这样万般艰难地经过了30多个国家，总算抵达了印度。

不知不觉，十六年过去了。法显在经过师子国时，看到寺中以中国白绢团扇供佛，不禁凄然落下泪水，思念故国，不久，便跟随商船回国了。

师子国：
今斯里兰卡。

商船遭遇暴风，漂流到山东崂山，法显在亲历了陆海丝路后，终于回到祖国。

▶ 隋 唐

东西方之间的交通，本来是海上先于陆上，但自从张骞通西域后，陆上丝绸之路风光无限，成了"主路"。但陆路实在过于艰险，西域诸国又总是发生战乱，陆路一时开放一时关闭，很不稳定。魏晋南北朝时，中国经济从北方向南方发展，陆路更加衰落。

到了隋朝时，中原已经失去对西域的控制。许多商人都放弃陆路，而走海路。

隋朝为征服西域，大规模出兵攻打西域强国吐谷浑。吐谷浑招架不住，弃国而逃。

突厥也是西域强国，此时分裂成了东突厥、西突厥，隋朝使用离间计，使突厥臣服。

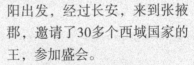

吐谷（yù）浑：西北游牧民族慕容氏所建的国家。

之后，隋炀帝派吏部侍郎裴矩专管西域工作。裴矩与西域的人们倾心结交，使西域与中原来往更加频繁。隋炀帝听说裴矩管得很好，特意从洛阳出发，经过长安，来到张掖郡，邀请了30多个西域国家的王，参加盛会。

这是一次前无古人的中外盛会，第二年，西域诸国就都抢着去洛阳进贡了。由于"万国来朝"，队伍一直绵延了8里路，成了一大奇观。

一条两千多岁「高龄」的古道上，

行进着游牧民族、商队、教徒、外交家、科学家……

你来我往中，留下来的、

是文化交融，是彼此的认知和尊重，是共同的成长……

唐朝时，由于突厥人还在侵扰边境，时常作乱，陆上丝路几乎停滞。唐太宗时，实行边境戒严，禁止随便出入。

26岁的玄奘为了澄清一些法典疑问，请求西行求法，唐太宗不准。后来朝廷因饥荒允许百姓自行求生，玄奘便离开长安，进入甘肃，经过天水、兰州，来到凉州。

凉州都督不准玄奘出关，逼他回京。玄奘便白天休息，夜里赶路，就这样到了敦煌，出了玉门关，进入沙河。

沙河长400多千米，玄奘刚走一百多里，就迷路了，水袋也失手坠落。玄奘义无反顾，坚持赶路。

翻越葱岭时，山势陡峭，风雪交加，玄奘就躺在冰雪上休息。出山后，又进入热海，酷热难当，但最终进入阿富汗、巴基斯坦，到了印度的那烂陀寺。至此，已经过了近两年时间。

玄奘在获取佛经后，依旧选择陆上丝路回国。当他回到长安时，十七年的时光已经过去了。

唐太宗令人迎接玄奘，并计攻突厥，取得了胜利。西域诸国纷纷向唐朝称臣，并在西域开辟了一条新路，叫"参天可汗道"。"天可汗"指唐太宗，这条路的名字的意思是：参见唐太宗的道路。

"参天可汗道"是丝绸之路的支线，此后，从西域到长安，沿途有1200多个陆路驿站、260个水路驿站、2万多个驿务工作者、1.7万个驿夫。小朋友想象一下，就知道那景象多么壮观了。

文成公主与松赞干布的故事，小朋友肯定听说过。松赞干布是吐蕃（bō）的赞普，他渴望娶唐朝公主为妻，唐太宗就把文成公主嫁给了他。文成公主从长安出发，通过水陆驿站，把中原的种子、技艺、文化带到了吐蕃。

唐朝陆续在西域设立了六大都护府：安东都护府、安北都护府、单于都护府、安西都护府、北庭都护府、安南都护府。

"劝君更尽一杯酒，西出阳关无故人。"王维的这首《送元二使安西》，写的就是他送友人去安西都护府任职，后一句形容了西域的遥远。

然而，陆上丝路很快又断绝了。唐玄宗时，边塞将领安禄山与史思明发动叛乱，攻陷了长安，引发了安史之乱。商人们不敢再走陆上丝路。

安禄山为讨好唐玄宗，常跳胡旋舞。他身体肥胖，体重300多斤，跳起舞来却像旋风一样。胡旋舞是一种西域舞蹈。

提到陆上丝绸之路，小朋友一定会想到敦煌。是的，敦煌非常重要，是丝路的起点。那么，敦煌的具体位置在哪里呢？

河西走廊是连接中原与新疆的地方，河西走廊的西端就是敦煌所在地。如果你随着中原商队去西域的话，就可以先到河西走廊，然后到敦煌，之后到楼兰。

从长安到敦煌的距离，大约1500千米，相当于你从长安到喀什。

早在汉朝时，就设立了敦煌郡。由于丝路开放，佛教东渐，从东晋十六国时，人们开始在敦煌修建千佛洞，也就是莫高窟。一直到南宋时期，留下了492个（现存）壁画和塑像洞窟，壁画4.5万平方米，彩塑2400多身。其中，最大的洞窟高40多米，金碧辉煌，光彩夺目。

唐朝经济文化高度繁荣，莫高窟的开窟数达到了1000多窟，壁画和塑像达到非常高的艺术水平。其中，第96窟格外惹人注目。它由9层楼阁组成，里面有一尊34.5米高的大佛。据说，这尊大佛是以女皇武则天为原型塑造的。

敦煌石窟包括莫高窟、西千佛洞、安西榆林窟、水峡口千佛洞。

敦煌壁画上，还有很多供养人画像，再现了古代农耕生活场景。

▌宋元明清

宋朝开国时，并未控制河西地区。宋朝边境外的辽国、西夏、金国虽然和宋朝有贸易往来，但也时常入侵，陆上丝绸之路基本走不通。

到了元朝，由于皇帝总是进行海外扩张，因此，海上丝绸之路异常兴盛，陆上丝绸之路时断时续，显得有些寂寥。

据一些考古学家考证，元朝有一条草原丝绸之路。

这条草原丝绸之路是什么时候问世的？还不好说。根据考古学家的分析，在欧亚大陆中，北纬40~50度之间的地带，便于人类东西交通，这个地带很可能就是草原丝路所在的地方。

通过草原丝路，中原人用稻、谷、麻、丝、茶等，交换游牧人的马、羊、毛、皮、肉、乳等。因此，这条路又叫"皮毛路""茶马路"。

游牧民族根据自己的习俗，用酥油炒茶。

成吉思汗打向欧洲时，蒙古铁骑一边行军，一边披荆斩棘，开辟道路。大军过去之后，道路就让商人、传教士使用，这让东西方有了更多的往来。

一条两千多岁『高龄』的古道上，

行进着游牧民族、商队、教徒、外交家、科学家……

你来我往中，留下来的，

是文化交融，是彼此的认知和尊重，是共同的成长……

成吉思汗的孙子拔都建立了钦察汗国，早在宋朝时，就和埃及进行国际贸易。从埃及到草原的道路，一直有专人保护。

罗马教皇曾派使者经过准噶尔盆地，来到蒙古草原。蒙古人则沿着草原丝路，去了意大利，拜见了教皇，又去了塞浦路斯，参见了法国国王路易九世。

中国与欧洲，从来没有如此接近过。

元朝时共有四大汗国，四大汗国的都城都是东西方贸易中心，元大都的驿道直接连通四大都城。

元大都：元朝首都，今天的北京。

提到元大都的驿道，小朋友一定会惊讶的，驿道四通八达，无论东西南北，都不会阻隔。

明朝灭元时，元朝残余势力退入大漠，占据了陆上丝绸之路的部分要道，致使明朝无法很好地管理西域，也无法很好地利用丝路。

为了安全防范，明朝规定：西域人进京，必须走规定的路线，不准随意改变，不准和百姓接近，不准刺探军情。离京时，也要按照原来的路线走，到了河西走廊，经过身份检查，才能出玉门关。

退到沙漠的一些蒙古人会到紫禁城朝贡，用马、玉石、羚羊角、豹、狮等"土物"，换取明朝赏赐的金银、布匹、绵帛、瓷器等。为了得到更多的回赐，他们总是增加使者，有时一次来几百人，明朝都睁一只眼闭一只眼。

一些蒙古人也经常入侵，有一次，还把皇帝劫持到了沙漠，吓得大明王朝差点儿把首都迁走。在这样可怕的情形下，陆上丝绸之路更加少有人走了。

嘉峪关：位于甘肃，明长城最西端的关口，河西走廊的咽喉，丝绸之路的要塞。

从西域入漠到嘉峪关，再到紫禁城，约有万里左右，路途遥远、崎岖，沿途小国林立，盗贼出没。走这样的路，就连进贡的西域使者，也要有不同寻常的好体力，但也可能付出生命的代价。

有一个葡萄牙人名叫鄂本笃，想从印度去紫禁城。他担心路上危险，就假扮成一个商人，混入一个商队，经土耳其、阿富汗，向嘉峪关进发。进入新疆后，他为商队雇了保镖。但道路艰难，在进入嘉峪关前，他的6匹马累死了。等到抵达北京时，他在11天后死了。明朝陆上丝路的凶险可见一斑。

一条两千多岁「高龄」的古道上，行进着游牧民族、商队、教徒、外交家、科学家……

你来我往中，留下来的，是文化交融，是彼此的认知和尊重，是共同的成长……

清朝代明后，陆上丝绸之路更加衰败。因为常年战乱，自然环境也发生了大变迁，沙化十分严重，一些西域古国，如楼兰，已经消失在风沙中。

陆上丝路仍然是一条官道，中原人要想去西北、新疆，还要经过它。但只有士兵驻守在这里，它的军台、驿站主要用于传递军情命令，很少用于商业往来。

这条路还用来押送犯人，官员被流放也要走这里，所以，这条路显得格外凄惨。

林则徐被流放新疆伊犁时，走的就是陆上丝路。当时，从北京城到新疆伊犁的路长1.1万多里，有155个驿站。林则徐从西安出发，走了大约8000里，经过100多个驿站，跋涉了四个多月才到。

在西南一带，有茶马古道可供贸易。茶马古道不只一条，而是一个大交通网，人们用马驮运茶叶，交换中原的瓷器、布、盐等。其中的瓷器，有很多是青花瓷，带有阿拉伯风格。

还有一条北域丝绸之路，是草原丝绸之路的一部分，从张家口出发，到蒙古乌兰巴托，并延伸到俄罗斯恰克图。张家口是当时中俄贸易商道的起点。

海上丝绸之路

▶汉朝

春秋时期，秦穆公称霸西戎，势力已经远及西方，虽然文献中没有关于东西方交通的明确记载，但西方学术界认为，在公元前4世纪时，也就是春秋战国时期，中国丝绸已经出口到印度了。

古代印度的商业非常繁盛，印度人利用季风，能在印度与埃及之间航行。位于埃及的亚历山大港，是埃及、希腊与东方进行贸易的主要市场。

秦朝时，方士徐福奉秦始皇之命，从山东入海，东渡访仙，可能到了今天的日本、韩国一带。在海上丝绸之路正式开辟之前，徐福是第一个有明确记载的海路探索者。

汉朝时，希腊因为安息在中间阻挠，无法直接从中国获取丝绸。罗马灭掉希腊后，也面临这个困局。

一条两千多岁「高龄」的古道上，

行进着游牧民族、商队、教徒、外交家、科学家……

你来我往中，留下来的，

是文化交融，是彼此的认知和尊重，是共同的成长……

罗马贵族喜欢穿丝绸衣服出入剧场、竞技场，恺撒大帝和埃及艳后也喜欢丝绸。当恺撒大帝第一次穿着丝绸衣服露面时，引起了巨大轰动，人们的抢购热潮更加高涨。元老院非常恐慌，几次下令禁止，因为丝绸实在太贵了，10尺左右就要12两黄金！但禁令好像没有什么作用，罗马人已经深深地爱上了丝绸。

然而，罗马人和以前的希腊人一样，获得丝绸的方式很曲折，要通过安息才能实现。安息从海上得到中国丝绸后，在海上卖给罗马人，中国商人很少从海上去罗马。罗马无法直接从中国人那里购买到丝绸。

为了争夺地盘，争夺东西方贸易主导权，罗马与安息发生了战争。在拉锯战中，安息走向疲敝，罗马成了地中海的霸主。战胜安息第二年，罗马就直接派出使者乘坐船只，经过越南，抵达中国，到汉朝入贡了。可见当时的地理知识多么发达。

汉朝也派出使者前往印度、安息、罗马等国，献上了丝绸。安息国王还回赠了一只大鸵鸟蛋、一个魔术团。

▶魏晋南北朝

东汉正式开通了海上丝绸之路，三国时代则迎来了大发展。

东吴占据江南一带，船业非常发达，还有专门管理造船的官员，造出来的楼船有的竟高达5层，能容纳3000名将士。商船也十分气派。孙权提倡航海，多次派遣船队去海外访问。

有一次，船队从朝鲜半岛访问归来，一艘船上就装着高句丽国王赠送的84匹马，足见海外交通多么繁盛。

东吴时的广州港，是通往东南亚的重要港口，也是外贸集散地，非常繁华。

从广州港出发，一些明珠、大贝、犀角、象牙、玳瑁、翡翠、战马等，通过海上丝绸之路，被源源不断地送到了东吴。

东吴的繁盛，吸引了很多外商。有一年，一个名叫秦论的罗马人从海道而来，到了交趾郡。交趾郡的郡守接待了秦论，又派人护送秦论到孙权那里。孙权非常高兴，问了秦论很多罗马的民俗。

交趾郡：今天越南境内，西汉到唐朝时属于中国。

秦论是罗马第一个正式留名中国正史的商人，标志着东西方海路的通畅。

一条两千多岁「高龄」的古道上，

行进着游牧民族、商队、教徒、外交家、科学家……

你来我往中，留下来的，

是文化交融，是彼此的认知和尊重，是共同的成长……

很快，东吴又迎来了扶南人。孙权还派人从扬州出发，去回访扶南以及其他一些南洋国家。林邑人、狮子国人、印度人、波斯人也纷纷来到东吴，海上丝绸之路渐渐走向成熟。

> 扶南：也叫真腊，今天的柬埔寨。
>
> 林邑：在今天的越南境内。

历史进入南北朝后，由于中国的社会经济中心仍然向南方倾斜，江南十分繁盛，海上丝路更受欢迎了。

许多外国僧人跟着商人长途跋涉，漂过凶险的海洋，来到中国。

"南朝四百八十寺，多少楼台烟雨中。"这句诗小朋友一定很熟悉，它写的就是丝绸之路给南朝造成的宗教盛况。

> 兰难提是西域居士，曾在南京和广州译经。他还是一位大船主，他的海船经常往返于师子国和广州之间，先后两次将师子国的比丘尼送到南京。

海上丝路航线向东北延伸，可到朝鲜半岛、日本；如果经由江北大运河，还可到北魏的都城洛阳。

北魏是北朝最强大的国家，由鲜卑人建立。北魏敞开胸襟，迎接各国商人，一时间，欧亚外国人杂居洛阳，十分热闹。

外国人喜欢中国的风土人情，拖家带口前来，还带了同伴，馆舍不够住，北魏特意建了四夷馆：金陵馆、燕然馆、扶桑馆、崦嵫（yān zī）馆。

为了促进经济发展，北魏又建了西方专卖场所"四通市"。中外商务活动异常活跃，到处店铺林立，人群拥簇。

北魏的强大吸引了疏勒、鄯善、车师等西域国家，他们向北魏表示友好。北魏也派出使臣，送给他们丝绸等礼物。

北凉试图和北魏争霸，在占据了河西走廊后，北凉想方设法地强迫西域商人交重税，吓得西域商人不敢靠近。北魏大规模发兵，攻灭了北凉。

掌控了河西地区后，北魏对国际贸易更加热衷，进口了很多波斯玻璃器。当时的中国还没有完全掌握玻璃制作技术，玻璃器是一种奢侈品。

北齐与西域商人的往来也很密切。北齐一位皇后曾请西域商人拿着3万匹彩锦，去北周买珍珠。这个任务本应由地位显赫的皇商担当，但西域商人当时享有特殊地位，皇家很信任他们。这大概也是丝绸之路创造的奇迹吧。

▶隋唐

中国经济从北方向南方发展后，扬州作为江南的经济中心，变得格外繁华，成了仅次于西京长安、东京洛阳的大都市，富甲天下。

隋炀帝开凿了大运河后，扬州正好位于大运路的南北交点上，扬州港更加热闹，成了仅次于广州港的西域商人聚居地、南北物资集散地。

中国商人可以从扬州港出发，前往其他国家。外国商人可以从扬州港登陆，进行贸易。

外国的玛瑙杯、狮子皮、火鼠毛等，纷纷流入中国。中国的丝织品、纸张、中药等，大量流到外国。

有了隋朝的铺垫，唐朝时的海上丝绸之路就更加繁盛了。为了更好地管理，唐朝还设置了市舶司。

市舶司：相当于今天的海关。

唐朝有很多专业船只和人员，对外贸易港口也很多，最著名的是广州港、泉州港、明州港、扬州港。

广州港规模巨大，光是船坞，就有西域舶、师子国舶、婆罗门舶、波斯舶等。它的南海航线不仅承担公家的朝贡贸易，还承担民间的私人贸易。

泉州港位于福建，濒临东海，水深浪静，对外贸易也很繁盛，风头很大。

明州港位于宁波长江入海口附近，深入东海，东边与朝鲜半岛、日本遥遥相望，西边通五湖、长江。

扬州港发出的船只，大多是去日本。唐朝是日本引进中国文化的高潮时代，扬州位于南北交通要冲，是日本遣唐使进京的中转站。但遣唐使到了扬州后，只有少数去了京城，剩下的大多数都留在扬州，有的学习中国文化，有的购买各种物品，扬州成了中日经济文化交流的中心之一。

有唐一代，与唐朝往来的国家和地区有300多个，每年取道海上丝绸之路的外国人超过万人，定居在中国的不计其数。在纷至沓来的外国人中，以大食人、波斯人、日本人为多。

大食：指阿拉伯帝国，唐朝时是西方强国。

长安是当时世界最繁华的大都市，长安城有两个商业区，东边的叫东市，西边的叫西市。今天小朋友听到的"市场"二字，就是从这儿来的。

大批的中国人也出海贸易，唐三彩、造纸术传到大食后，又经过大食，传入欧洲。

汉朝时，对于西方传入的东西，大都加一个"胡"字，如胡琴、胡萝卜等。唐朝时，大都加一个"海"字，如海棠、海石榴等。

一条两千多岁『高龄』的古道上，

行进着游牧民族、商队、教徒、外交家、科学家……

你来我往中，留下来的，

是文化交融，是彼此的认知和尊重，是共同的成长……

虽然海上丝路非常繁盛，但也十分危险。

有一年，日本奈良的两位僧人随着遣唐使来到中国，想要请高僧去日本讲学，始终没能找到理想的人选。后来，他们听说鉴真在扬州讲学，便赶去邀请，并想从扬州港出海回国。

鉴真想起日本赠送的袈裟上写着"山川异域，风月同天，寄诸佛子，共结来缘"，非常感动，就答应了。

由于海路很危险，鉴真问弟子们谁愿前往，大家都不出声。鉴真很感慨，说自己为了法事，不惧牺牲生命。众人听了，便表示愿意跟随前往。

但东渡十分曲折，第一次因为被诬告勾结海盗，所有僧众被拘禁。
第二次总算上了船，却遭遇大风暴。
第三次越州僧人为挽留鉴真，向官府控告日本僧人潜藏中国，目的是引诱鉴真去日本。官府将日本僧人荣睿投入大牢，荣睿伪称"病死"方逃离，东渡作罢。

第四次还没跋涉到港口，因弟子们怕鉴真葬身大海，报告了官府，官府把他追了回来。

第五次再遭风暴，鉴真因为酷热而双目失明。

第六次赶上遣唐使回国，经过扬州，鉴真被藏到船上，这才成功渡海。

从第一次东渡到抵达日本，鉴真共用了十一年的时间，历尽了千辛万苦。

▶宋朝

宋朝开国时，没有控制河西地区，边境的辽国、西夏等国时常入侵，陆上丝绸之路处于阻滞状态。宋朝为了平息战火，换取和平，向辽、夏低头和谈，赔了很多钱、物。可是，到哪里去找那么多钱呢？

宋朝把目光投向了海洋。

宋朝的造船技术十分先进，很多船只都采用了水密隔仓技术。也就是说，船内有多个独立的舱室，即使风暴来袭，水深浪大，也不易沉没。这在当时可是世界领先的。

宋船还大得出奇，有的海船载重1100吨左右！小朋友想想看，那样的庞然大物，扯着巨大的风帆，一路疾驶而来，像不像是从外星赶来的？

利用司南，宋朝人还做成了航海罗盘。就算大海发了脾气，卷起巨浪，或风雨交加、隐没了星星，宋朝人依然可以分辨方向。

当时的欧洲，还没有罗盘针导航，只能研究海图，努力观察星象，再加上一番猜测、一番祈祷，然后扯帆的扯帆，忙乱的忙乱，剩下的，就交给命运了。

司南：最早出现在战国，战国人把磁石磨成勺子形，放在刻着方位的盘上，利用磁铁指南的特征辨别方向。

一条两千多岁「高龄」的古道上，

行进着游牧民族、商队、教徒、外交家、科学家……

你来我往中，留下来的，

是文化交融，是彼此的认知和尊重，是共同的成长……

现在，小朋友可以梳理一下海上丝绸之路的历史：

这条路，东汉时开始发展，唐朝时走向鼎盛，宋朝时达到巅峰。

航线从最初的南海短途，扩展到了非洲、欧洲。

看到这里，小朋友一定会感叹，在没有钢铁邮轮的古代，祖先们仅靠木船就创造了奇迹，真是了不起呀。

唢呐：喇叭，宋朝时由西亚传入中原。

北宋被金国灭掉后，南宋偏安江南，陆上丝绸之路完全断绝，海上丝绸之路更加兴盛。

扬州作为江南经济的中心，愈发繁华，扬州港每日船进船出，人声喧沸。

广州港的出海商船更是多得惊人。隋朝时，广州就建了波罗庙，也就是南海神庙，庙前有座石牌坊，叫"海不扬波"，昭示着出海人深切的心愿。宋朝时，就连皇帝也会去庙中祭祀海神，祈求出海平安。

宋船载着丝绸、瓷器、茶叶等，远航而去，返回时，又载着外国的特产，光是香料就有100多种。小朋友可能要问，买那么多香料做什么？香料可以入药，也可以吃，古人还用它化妆、熏衣服、净化空气，困倦了还可以提神。

泉州港迎来了新的一页。

以前，要从泉州港出海，需要经过一个渡口——万安渡。万安渡水流湍急，十分险恶，经常打翻船只，淹死过客。大书法家蔡襄在福建当转运使时，想出一个办法。他带人在江底放上大石，然后在上面建桥墩。更神奇的是，他还在桥上养了牡蛎，牡蛎不停地繁殖，密密麻麻地挤在一起，牢牢地把桥固定在湍流中。

有了"牡蛎版"万安桥，渡口安全了，泉州港一跃而起，出现了"涨海声中万国商"的景象，几乎要超越广州港，成为中国第一大港。

万安桥：世界上第一个将生物学运用于建筑的里程碑。

泉州城墙周围10千米都种着刺桐树，花红似火，泉州因此被称为刺桐城，泉州港也更加惹人注目。

在泉州的刺桐花影中，还有一位大人物——理学家朱熹。朱熹写了一首诗联："此地古称佛国，满街都是圣人。"表达了泉州人有信仰，襟怀开阔，能容纳四方之人，间接地表现了泉州市井外商云集的盛况。要知道，当时光是居住泉州的阿拉伯人，就有上万人呢。

一条两千多岁『高龄』的古道上，

行进着游牧民族、商队、教徒、外交家、科学家……

你来我往中，留下来的，

是文化交融，是彼此的认知和尊重，是共同的成长……

荷兰、葡萄牙等国的商人，纷纷越洋而来，购买丝绸和瓷器，然后，又卖到欧洲，价格几乎等同黄金。

> 宋朝出口的宋锦产自苏州，与南京云锦、四川蜀锦并称"三大名锦"。

1987年，一支水下考古队在广东附近海域发现一只宋朝沉船，被命名为"南海一号"。考古学家推测，这艘船沿着海上丝绸之路，从泉州港出发，不想在广州附近海域沉没。

"南海一号"上载有许多罕见文物，几乎没有下脚的缝隙，仅是龙泉青瓷就有几万件，青润如玉，碧色莹澈，像湖水一样剔透。为了保护瓷器，宋朝人把瓷器一件套一件，中间放上豆芽，芽儿可以防止瓷器在海浪颠簸中破碎。

"南海一号"船身高度为3米多，比一层楼房还高。它是一艘木船，历经八百多年而不腐，还端坐在海底，木质坚硬，敲起来当当作响。

> 宋朝时，瓷器畅销50多个国家，甚至成了身份的象征，还影响了当地习俗。一些东南亚人，以前用植物叶片盛饭吃，有了宋瓷，叶子就"退休了"。

元朝

　　南宋灭亡后，元朝建立。这是中国第一个由少数民族建立的大一统王朝。元朝的第一个皇帝是忽必烈。他的爷爷成吉思汗很了不起。成吉思汗是一个很会打仗的人，在征服了蒙古草原各部落后，又开始西征，一直打到了欧洲。

　　作为横跨欧亚的大帝国，海上丝绸之路自然是畅通的了。

　　自古以来，中原人就重视农耕，而元朝人是蒙古游牧民族，不擅长农耕，更重视商业。元朝打出"天下一家"的口号，鼓励大家做生意，并免费提供商船、本钱。当然啦，赚钱后，朝廷是要分成的，但比例很低。这样一来，海上丝路就更加繁盛了。

　　宋朝时，有很多外国人在泉州港、广州港任职。一个叫蒲寿庚的阿拉伯人，担任泉州市舶司的长官，当元军一路追杀宋军到泉州时，蒲寿庚投降，把泉州港献给了元军。

　　元世祖忽必烈利用海上丝路向外发展，助长了泉州港的兴盛，加上刺桐城出产的丝绸比京城还好，吸引了很多外商。国际长途商队就像蜂群一样聚集到那里，又从那里驶向亚、非、欧、美各大洲。泉州港迅速超过广州港，成为当时世界第一大港。

元朝的海外活动范围，远远超过了前代。就连遥远的非洲好望角，也出现在元朝人绘制的地图上。

泉州港迎来巅峰时刻，大量出口糖、茶叶、丝绸、荔枝干、药材等，同时，也大量进口犀角、象牙、乳香、丁香、安息香、胡椒、硫黄等。

大约有90多个国家和元朝进行海外贸易，盛况空前。刺桐城的居民也都富得流油，每户都有花园和空地，房屋位于中央。

如果小朋友穿越到元朝，漫步在泉州港，放眼望去，一定会目瞪口呆。

大船竟然有4层船板，还用麻、树油涂抹，绝不透水。船上的房间就像蜂窝一样多，非常宽敞，设施齐全，还有专门种花、种草、种姜的木桶。一条大海船，能有200个水手，能装5000~6000担胡椒。有的大船有12个帆，能装1000人。至于小船，不计其数，密密麻麻。

小朋友一定听说过"灯塔"，那你知道海上丝路的第一座灯塔在哪里吗？

它就在福建的石湖村，叫六胜塔，也叫石湖塔，是石头做的，非常特别，而且，每层横梁上都刻下了建造者的名字，很尊重知识产权。

小朋友可以听一听汪大渊的故事，很激动人心哦。

汪大渊是元朝的一个普通百姓，小时候就喜欢探险，当他去了泉州港，看到各种中西奇货、各种肤色的人，听到各种语言，不禁立下壮志，将来要航海远行，了解这个世界。

20岁时，汪大渊从泉州港出发，经过印度、波斯、阿拉伯、埃及、摩洛哥、索马里、莫桑比克等，又绕道澳大利亚返回。据说他是发现澳大利亚的第一人。

他写的《岛夷志略》，记述了220多个国家和地区，被称为"东方的马可·波罗"。

关于意大利人马可·波罗，小朋友可能更熟悉。马可·波罗是17岁那年从威尼斯出发，前往中国的。

他先是横渡黑海，到波斯湾，走了一段海上丝路，之后又改走陆上丝路，越过伊朗沙漠、帕米尔高原，来到新疆，最终抵达元大都。

元朝很重视他，留他在朝廷当官，17年后他才返回意大利，写下了《马可·波罗游记》。书中描写道："凡是世界上最稀奇珍贵的东西，都能在这座城市里找到……这里出售的商品数量比任何地方都多。"

无论是草原丝绸之路，还是陆上丝绸之路，或是海上丝绸之路，都互相贯通，形成了庞大的商业网。商旅可以随意选择道路，比如，走一段草原路，再走一段沙漠路……自由自在，节省时间。

元朝的驿站数不胜数，即使远在几万里之外的地中海，也会很快抵达。

东西方交流空前活跃，元大都的确像马可·波罗描述的那样繁华。

望一望元大都的外城——各国使节、商人、僧侣、工匠、艺人正络绎而来；看一看元大都的内城——到处都是大客栈，还有专门招待骆驼商队的。

考虑到人种不同，客栈都根据各国风俗设计，专人专店，尊重外国人的文化和习惯。

从太阳升起，到月亮升起，运到元大都的生丝，一天不少于1000辆马车。马车一辆挨着一辆，首尾相接，还有直接用马驮着的。甚至在夜里，人们都忙得热火朝天。

海上丝绸之路在唐、宋、元三朝迎来了全盛期，但一进入明朝，却戛然而止了。这是怎么回事呢？

▶ 明清

明朝开国的时候，就有日本倭寇侵扰东南沿海，抢掠商船，走私货物。其他海盗也非常猖獗。为了海上安宁，开国皇帝朱元璋实行海禁，下令"片板不许下海"。

倭寇：泛指日本海盗。

对于胆敢私自出海的人，不是杀头示众，就是流放充军。就连外国商人也不讲情面，一律不许进行贸易。

船只被销毁，港口被封锁，海上丝路死气沉沉。这终究对国家不利，因为明朝已经开始从小农经济向商品经济转换，需要海外市场带动国内经济。因此，到了永乐皇帝朱棣的时候，就派郑和出使西洋了。

也有人认为，永乐皇帝之所以派郑和下西洋，是因为他的皇帝宝座是从他侄子那里抢来的，他怀疑侄子逃到了海外，因此想派郑和去调查，还想耀兵异域，在海外树立国家威望。

不管什么原因，总之，郑和出海去了。海上丝路就此复苏。

西洋是海上丝绸之路的西段。当时，印度洋以西为西洋，印度洋以东为东洋，所以，郑和出海叫下西洋。

不用说小朋友也知道，郑和是一位太监，懂军事，有智谋，胸襟广阔。当他接受命令后，立刻着手准备，建造了宝船。

宝船长146米左右，宽50米左右，铁锚要200~300人才能搬动，据说能载2.7万多人，令人叹为观止。

第一次下西洋，郑和率领由62艘船组成的船队。但海路危机四伏，刚到印度尼西亚就遇到了海盗。幸亏郑和使用了火攻和围歼战，活捉了海盗头子，押回了紫禁城。

此后，海上丝绸之路清静很多，沿途的国家也都放了心。

第二次下西洋，船队由200多艘船只组成，声势浩大，路上没有发生大的意外。

第三次下西洋时，船队有40多艘船，经过锡兰山国时，遭到了围攻。郑和趁对方倾巢而出，带领2000多人，趁夜偷袭王城，抓住了国王，这才转危为安。

当船队返回时，随同船队前来紫禁城朝贡的国家有19个，出现了"万使云集"的盛况。

锡兰山国：以前的师子国，今天的斯里兰卡，海上丝绸之路中转站。

第四次下西洋时，船队绕过阿拉伯半岛，到了东非，访问了麻林国。

麻林国国王非常高兴，派出使团，去中国回访，船上的巨笼里装着两只长颈鹿。到了紫禁城，使团献上这份"活"礼物，人人都很兴奋，觉得长颈鹿和传说中的麒麟很像，干脆把它叫成了"麒麟"。

第五次下西洋时，明朝已经名声远播，威震海外，商人使者往来不绝。

第六次下西洋时，随同郑和船队来中国的各国使者多达1200多人。

麻林：位于今肯尼亚一带。

第七次下西洋时，郑和已经60多岁，到达印度古里不久后就病死了。

郑和一生出使过的国家和地区约36个，几乎把海上丝绸之路扩展到了全球。

在马六甲，郑和设立了商馆，为马六甲带去了商机，使马六甲繁荣起来。

郑和一生近三十年的时间都在海上度过，出生入死，是世界闻名的伟大航海家。

他开辟了亚非洲际航线，对后来麦哲伦的环球航行起了先导作用；他对西太平洋和印度洋进行了海洋考察，搜集了很多科学数据。

小朋友看到这里，就会明白郑和对世界海洋文明做出的贡献是划时代的，是里程碑式的。

画给孩子的

丝绸之路

一条两千多岁「高龄」的古道上，

行进着游牧民族、商队、教徒、外交家、科学家……

你来我往中，留下来的，

是文化交融，是彼此的认知和尊重，是共同的成长……

郑和七下西洋，不仅刺激了国内市场的需求，也刺激了国外市场的需求。许多海外国家到明朝进献宝物，从而得到丰厚的赏赐，使朝贡贸易走向鼎盛。

> 朝贡：一方向另一方献礼物，表示顺从或结盟。

中国与外国关系友好，大量中国人移居海外，形成了海外移民的高潮，中华文化、礼乐习俗等，被传播得更广了。

然而，由于倭寇的打杀劫抢越来越厉害，明朝又恢复了海禁，百姓仍然不准出海。

弘治皇帝时，曾派遣800艘船、8000名百姓下海采珍珠，以满足自己奢侈的需求。结果造成580多人死亡，被风浪打坏的船有70艘，有30多艘船最后空无一人。

嘉靖皇帝时，由于东南沿海倭患严重，皇帝派戚继光等人去打击倭寇，戚继光抗倭十多年，后来日本国也在打击海盗，倭寇活动这才减少了。但明朝仍保持海禁状态。

隆庆皇帝时，福建巡抚涂泽民看到泉州港日益破败，很多人偷偷出海谋生，十分艰苦，甚至为了躲避禁海令，不得不当海盗，涂泽民便请求皇帝放开了禁令。这就是隆庆开关。

隆庆开关后，中西大交流再度开始了。葡萄牙、西班牙、日本等国的银圆流水一样流入明朝，有力地支持了明朝的经济发展。

　　然而，葡萄牙殖民者勾结倭寇和其他海盗，亦盗亦商，使海上丝路蒙上了阴影。荷兰取代葡萄牙称霸海上，并入侵我国台湾地区，使海上丝路阴霾更重。

　　清朝乾隆时期，为了保护东南沿海安全，并独吞利润，乾隆皇帝只开放一个广州港，还对外国商人设置各种限制，同时排斥中国的私商。

　　外商非常不满，但当时的西方还没有完成工业化，西方物品在中国没有竞争力，武力也不足，所以，只能忍气吞声。

自海上丝路开辟以来，东南沿海就有了海神妈祖庙。从宋朝到清朝，历代皇帝都给妈祖加封，共加封36次，封号从"夫人""妃"一直升到"天妃""圣母"。

　　不过几十年的工夫，英国完成了产业革命，一跃而成为世界上最强盛的国家。英国开始了殖民扩张，殖民地几乎遍及全球，有"日不落帝国"之称，并在海上丝路上横冲直撞。

起初，英国卖给中国的是毛织品、金属物、棉花、檀香等物，中国卖给英国是茶叶、纸张、中药等物。

英国觉得利润不足，便决定卖鸦片给中国。

英国把鸦片运到广东港，还想再开几个港口，被中国拒绝了。于是，英国开始制造纠纷，武装挑衅。

林则徐在虎门销烟后，英国便以此为借口，开始大规模侵略中国。随着城市一座座陷落，中国沦为了半殖民地半封建社会。

英国在海上丝路进行鸦片贸易，使闻名于世的东方丝路变成了充满罪恶、欺诈、污秽的海路。英国还利用丝路运载英军登陆中国，攻打中国人，强迫中国签订丧权辱国的不平等条约，把中国人推入苦难的深渊。

此后，其他外国列强也都利用海上丝路来到中国，以各种不人道的手段伤害中国，不道德地谋取利益。

中国丧失了关税自主权，也丧失了海关行政权。昔日繁盛的丝路景象变了模样。

"一带一路"

▶ 当代

　　小朋友不要惋惜，以为丝绸之路就此成了泡影，现在，我们国家仍然有丝绸之路。

　　这条新的丝绸之路，连通大西洋与太平洋，也就是"一带一路"——"丝绸之路经济带"与"21世纪海上丝绸之路"的简称。

　　"丝绸之路经济带"涵盖了新疆、重庆、陕西、甘肃等地。"21世纪海上丝绸之路"涵盖了上海、福建、广东、浙江等地。亲爱的小朋友，看到这里，你一定会有一种似曾相识的感觉吧——古人就曾从这些地方走向世界！

　　今天，丝绸之路再获新生。它不再像古代那样，只是一条单纯的航线，一个个港口，一个个要塞，而是一条纽带，连接更多的国家，相知相交，共创未来。

一条两千多岁「高龄」的古道上，

行进着游牧民族、商队、教徒、外交家、科学家……

你来我往中，留下来的，

是文化交融，是彼此的认知和尊重，是共同的成长……

古诗词里的丝绸之路

凉州词

唐·王翰

葡萄美酒夜光杯，

欲饮琵琶马上催。

醉卧沙场君莫笑，

古来征战几人回？

———

凉州：位于甘肃，丝绸之路节点，西北军政中心。

古从军行

唐·李颀（qí）

白日登山望烽火，

黄昏饮马傍交河。

行人刁斗风沙暗，

公主琵琶幽怨多。

———

公主：汉朝细君公主出塞，弹琵琶寄托忧思。

从军行

唐·王昌龄

青海长云暗雪山，

孤城遥望玉门关。

黄沙百战穿金甲，

不破楼兰终不还。

———

玉门关：位于甘肃，重要军事关隘和丝路要道。

使至塞上

唐·王维

单车欲问边，属国过居延。

征蓬出汉塞，归雁入胡天。

大漠孤烟直，长河落日圆。

萧关逢候骑，都护在燕然。

———

属国：典属国的简称，汉代对归附的少数民族地区的称呼。